Vive le vent!

À mon père Samuel Kovalski

ISBN 0-590-71989-0

Titre original : Jingle Bells

Édition publiée par Scholastic-TAB Publications Ltd., 123 Newkirk Road, Richmond Hill, Ontario, Canada L4C 3G5, avec la permission de Kids Can Press Ltd.

4321   Imprimé à Hong-Kong   9/801234/9

Vive le vent!

Maryann Kovalski
Texte français de Christiane Duchesne

Scholastic-TAB Publications Ltd.
123 Newkirk Road, Richmond Hill, Ontario, Canada

Emma et Elsa se réveillent très tôt ce matin. Ce n'est pas un jour ordinaire. Grand-maman les emmène en voyage! Elles vont habiter dans un grand hôtel, toutes les trois ensemble.
Enfin grand-maman arrive. Elles s'entassent dans un taxi et filent vers l'aéroport.

C'est la première fois qu'Emma et Elsa voyagent en avion.
—Je veux tout voir, dit Emma. Est-ce qu'on peut aller
dans la cabine du pilote?

—Oui, oui, dit grand-maman, mais avant, nous allons prendre
le petit déjeuner.

Le temps de descendre de l'avion et de se rendre à l'hôtel,
il fait presque nuit, mais elles ne sont pas du tout fatiguées.

—Oh, regarde, grand-maman! s'écrie Elsa, un cheval
avec une calèche. Est-ce qu'on peut faire un tour?

—S'il te plaît, grand-maman, ajoute Emma.

—D'accord, dit grand-maman en riant, mais il va falloir bien nous emmitoufler.

Elles choisissent la plus grosse, la plus belle
calèche.

—Bonsoir, mesdames, dit le conducteur en
soulevant son chapeau. Une balade à travers le
parc, cela vous irait?

Et les voilà parties! Le parc est calme, le tintement des clochettes du cheval résonne dans la nuit.

—Si nous chantions? suggère grand-maman.

Refrain

Viv' le vent, viv' le vent, viv' le vent d'hi-ver

Qui s'en va sif - flant, souf - flant dans les grands sa - pins verts, oh!

Viv' le temps, viv' le temps, viv' le temps d'hi - ver

Boules de neige et Jour de l'An et bonne an - née grand-mère.

Emma, Elsa et grand-maman chantent
à pleins poumons. C'est le conducteur qui chante
le plus fort.

Couplet

Sur le blanc che - min, tout blanc de nei - ge blanche Un

vieux mon - sieur s'a - vance a - vec sa canne à la main. Et

tout là - haut le vent qui souf - fle dans les branches Lui

sif - fle la ro - man - ce qu'il chan - tait pe - tit en - fant.

Ohhhhhhhhhhhhhhhhhhhhhhhhh. . .

Tout à coup, le conducteur disparaît!

—Oh non! hurlent-elles.

Sans son maître pour le diriger, le cheval s'emballe et part au galop.

Au moment où la calèche est sur le point de basculer, grand-maman saute sur le siège du conducteur et s'empare des rênes.

—Ho là! crie-t-elle.

Le cheval ralentit au petit trot.

—Ne vous inquiétez pas, dit grand-maman,
tout est sous contrôle.

—Alors, on continue la balade, grand-maman!
crient Emma et Elsa.

Elles sortent du parc et s'engagent dans la rue
en envoyant la main à tous les passants
qu'elles rencontrent.

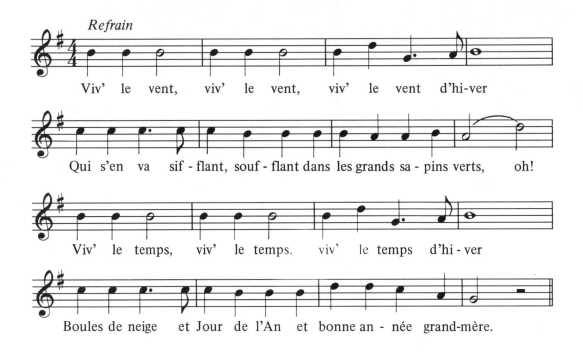

Refrain

Viv' le vent, viv' le vent, viv' le vent d'hi-ver

Qui s'en va sif - flant, souf - flant dans les grands sa - pins verts, oh!

Viv' le temps, viv' le temps, viv' le temps d'hi - ver

Boules de neige et Jour de l'An et bonne an - née grand-mère.

Soudain, les voitures roulent dans le mauvais sens.

—Où allons-nous, grand-maman? demande Elsa.

Autour d'elles, c'est la confusion totale.
On crie et on klaxonne.

—Oh! là là! dit grand-maman.

—Qu'est-ce qu'on fait maintenant? demande Emma.

Grand-maman descend de la calèche.

—Ne vous en faites pas! dit-elle en regardant du coin de l'oeil un gros camion rouge. Je sais exactement ce qu'il faut faire.

Et elle fait ce qu'elle a en tête.

—En voiture, mesdames! lance le chauffeur du camion.

Le temps de le dire, elles se retrouvent dans le gros camion rouge, en route pour l'hôtel. Et si vous écoutez bien, vous pouvez entendre trois voix fatiguées mais joyeuses, qui chantent. . .

Viv' le